CW01160285

Rien

Christophe de Sairas

Je veux être Chateaubriand ou Rien.
        Victor Hugo

Je dédie ce livre à Laura, qui m'accompagne sur le chemin de la vie en pensant à demain.

A ses parents sans lesquels Laura n'existerait pas.

Aux miens pour m'avoir donné chacun un peu de leur âme.

A Juliette qui grandira et qui dansera sur les scènes et les théâtres du mon entier...

A Thierry Redler

Christophe de Saizas

Je me souviens...

J'avais dix ans.

Ma vie était rythmée par des journées qui me paraissaient toutes les mêmes.

Mon école n'était pas loin de la maison, et je devais prendre tous les matins le même chemin.

Plus je m'approchais de l'école, plus je sentais à l'intérieur de moi une boule au ventre qui semblait se consumer et l'angoisse me faisait mal.

Je ne pénétrais qu'au dernier moment, celui où la sonnerie retentissait, pour avoir le dernier instant de liberté qui m'appartenait.

Dans la classe, je tentais toujours de m'asseoir près du tableau, de préférence devant le bureau du maître pour lui donner le sentiment que je souhaitais écouter ses leçons et que je ne voulais pas être un cancre.

Mais son estime pour moi n'était pas celle que j'espérais. Parfois, quand je devais répondre à une de ses questions, il m'appelait par mon nom de famille et je me demandais pourquoi il nommait les autres élèves par leur prénom.

Je me souviens de cette journée du mois de Juin. Il ne restait plus que deux semaines avant les grandes vacances.

Le maître nous demanda à chacun le métier que nous voulions

faire dans l'avenir.

Quand mon tour vint, il ne me regarda même pas. Il regardait par la fenêtre comme si ma réponse allait lui être égale. Il me dit alors d'une voix désintéressée:

-Zani, quel est le métier que tu voudrais faire?

J'étais sur le point de lui répondre que je ne savais pas, et que je voulais être heureux avant tout mais je me résolus à dire la vérité.

-Je veux être écrivain, monsieur.

Le maître me regarda enfin avec des yeux ronds.

-Toi ? Tu veux être écrivain? Ce n'est pas un métier, c'est un mode de vie où des hommes et des femmes ont de la chance ou n'en ont pas. C'est une vie où la stabilité n'existe pas ! Et puis des élèves comme toi, s'ils ne changent pas, ce sont des gens qui passeront leur vie à garder des chèvres, ou qui n'auront pas de métier, rien!

Moi je restais calme.

Ce n'était pas à lui de choisir la vie que je voulais avoir et puis garder des chèvres ne me déplaisait pas non plus. J'avais l'exemple de mes deux parents, qui travaillaient six jours par semaine, assis à leurs bureaux respectifs dans de grandes entreprises où la climatisation remplaçait l'air frais de l'extérieur. Ils voyaient le ciel de très bonne heure, sur le chemin de leur travail, ou le soir en quittant leur labeur. Berger, dans les collines ou dans les montagnes, seul et loin de l'agitation des Hommes, c'était un métier qui m'aurait bien plu.

Mes parents et leur course quotidienne contre le temps, faisaient le mieux pour pouvoir nous offrir, à mes trois frères et moi, une vie saine, nous habiller, nous nourrir, nous satisfaire, nous élever le mieux possible. Et moi, si je devenais adulte et que je ne trouvais rien à faire, rien comme raison de me réveiller tous les matins, je ne ferais rien et alors j'aurais peut-être un peu de chance. Sûrement que je ne pourrais jamais avoir ni de femme, ni d'enfants car je n'aurai pas la volonté ni le courage de mettre au monde des malheureux, car il y en a déjà trop sur Terre. Quand la sonnerie de quatre heures et demie sonnait, je faisais mon sac et j'étais toujours le premier à passer le portail.

Je revenais chez moi et je ne me mettais pas devant la télévision et je ne jouais pas aux jeux vidéos comme bon nombre de mes camarades devaient le faire.

Je rentrais dans ma chambre, faisais les devoirs que j'avais à faire pour le lendemain pour me débarrasser de cette tâche puis j'ouvrais un cahier pour y écrire pendant des heures toutes mes pensées, mes joies, mes peines, mes poèmes innombrables et des proses en tous genres.

Écrire, c'était ce qui me rendait le plus satisfait au monde. Quand je m'abandonnais à noircir des pages entières, je me donnais une liberté infinie. J'inventais des vies, des villes, des mondes, des personnages qui ont tout ou qui n'ont rien, des situations dramatiques qui se terminaient bien et d'autres qui débutaient dans le bonheur pour se terminer dans les larmes. J'avais le droit de tout mettre, sans limites sans tabou. Et tout ce que je rédigeais sortait de mon âme pour m'appartenir à jamais. Plusieurs fois, ma mère me voyait, assis à mon bureau, concentré et croyant que j'étudiais consciencieusement disait avec fierté :
-Mon fils, si tu travailles autant, tu feras de grandes études et tu gagneras beaucoup d'argent avec un bon métier. Tu iras à

l'université et tu auras réussi ta vie.

Moi, je la regardais et ses yeux pétillaient. Je pensais à la déception que je lui causerais le jour où elle saurait que je voulais être écrivain et rien d'autre. Pour elle, cela serait un drame. Elle en parlerait à ses amies, à mes grands-parents, à mes frères, à mon père, et tous me jugeraient.

Car pour les gens normaux, être écrivain ce n'est pas un rêve ni un but.

Ma mère écrivait elle aussi, mais elle n'avait pas l'idée d'envoyer ses textes à des maisons d'éditions.

Alors un jour, je profitai que ma mère n'était pas à la maison pour essayer d'approcher mon père avec ce thème.

Mon père aimait lire. Souvent, il commandait par correspondance ces romans en espagnol et les étudiait scrupuleusement.

C'est pour cela que je pensais qu'il était important que je lui conte mon désir d'écrire et de gagner ma vie avec ma plume. Je pensais que lui, allait mieux comprendre car il possédait l'amour des livres.

Je profitai qu'il soit assis sur le canapé en train de feuilleter un ouvrage dont le titre ne m'évoquait rien. Mon père avait mis ses lunettes de lecture qui lui donnaient un air sérieux. Je commençai en lui demandant quel était le livre qu'il avait entre les mains:

-Oh, je viens de le commencer… C'est une histoire d'amour. Un jeune homme est amoureux d'une jeune femme qui épouse un autre car il est plus riche et qu'il a un métier plus noble que l'autre qui est un simple télégraphiste.

Écoutant mon père me raconter l'histoire qu'il lisait, je voyais bien que même dans les livres, cette querelle entre l'argent et l'amour existait et je comprenais que l'argent était ce qui rendait fous les Hommes et que moi je ne voulais pas être comme cela. J'étais sûr de moi, l'argent ne remplacerait jamais le bonheur que j'aurais en écrivant et en faisant lire mes livres à mes futurs lecteurs, si possible dans le monde entier.

-Papa? Comment as-tu choisi le métier que tu voulais faire quand tu avais mon âge?

- Je n'ai rien choisi. Je me suis marié avec ta maman quand j'avais 23 ans et je finissais mes études pour pouvoir travailler et accueillir notre premier enfant qui arrivait. J'ai pris le premier travail qu'on me donnait pour gagner de l'argent et pouvoir assumer tout de suite, car les parents de ta maman ne nous aidaient pas et les miens étaient déjà partis au ciel.

Si j'avais continué mes études, j'aurais eu un meilleur métier et j'aurais gagné beaucoup plus mais la vie est ainsi.

Si j'avais continué mes études.

Moi je ne voulais pas avoir des regrets comme ceux de mon père. Je voulais écrire et rien de plus. Et ne jamais regretter mes choix, tenter de vivre de ma plume comme je l'entendais et ne pas penser à ce que je pourrais faire de mieux ou comment gagner plus en passant tous les jours de ma vie à faire un travail qui ne respecterait pas ma vocation.

J'étais conscient d'être encore jeune et qu'il me restait certainement beaucoup d'années à vivre mais je restais convaincu qu' une vie entière passerait sans que je puisse m'en rendre compte, et que de toutes les manières elle allait être trop courte pour moi.

J'observai mon père avant de commencer à lui parler de mes

textes, lui raconter mon souhait d'écrire pour offrir au monde mes récits.

 Lui dire que, ce que je souhaitais vraiment, c'était imprégner le monde avec mes textes et que je voulais changer la vie de ceux qui liraient mes histoires comme d'autres écrivains ont réussi à bouleverser la mienne.

-Papa, c'est beau ce que tu lis. Je lis beaucoup aussi et le dernier livre que j'ai lu parlait d'un berger à la recherche d'un trésor. A la fin, il se rend compte que le vrai trésor était dans son cœur.

-Très beau, oui. Dans tous les livres, il y a de belles choses. Même dans un roman de suspense, il y a de bonnes leçons à apprendre. Mais la vie ne s'apprend pas dans les livres....

-Je sais, papa, mais on peut s'évader en lisant, et ainsi prendre du recul pour vivre mieux notre propre existence.

-Benoît, tu apprends ces mots à l'école? Moi à ton âge, je ne connaissais pas les mots que tu emploies.

-Non papa, je lis beaucoup et j'essaie de m'exprimer avec un vocabulaire juste. J'entends parler mes camarades de classe dans la cour de récréation et leur langage est indigne. Ils utilisent des gros mots à chaque phrase qu'ils prononcent. Monsieur Brancha, notre maître nous impose ses leçons mais n'insiste pas pour nous apprendre du nouveau vocabulaire.

-C'est bien… Moi quand j'avais quinze ans je voulais étudier plus que ce que l'on apprenait en classe, comme toi, mon fils. Alors je m'asseyais dans la nature, de préférence sur une grosse branche d'arbre en hauteur, et je relisais mes leçons avant de rentrer chez moi. Tu vois, moi aussi, j'apprenais seul.

Mais je n'ai pas eu plus de chance dans la vie. »

J'écoutais mon père et en quelques secondes, je changeai d'avis. Je n'avais plus le courage de lui parler de ce que je voulais lui dire.

-Et puis j'ai beaucoup lu aussi, continua-t-il.

-Tu as écris des choses quand tu avais mon âge ou que tu étais adolescent?

-Oui, j'ai écrit, mais rien que je pouvais faire lire. J'écrivais pour moi. Mais ce que j'ai toujours trouvé drôle, ce qui m'a toujours fasciné, c'est comment les écrivains gagnent leur vie avec Rien. »

Les écrivains gagnent leur vie avec Rien..

Moi, quand j'étais attablé et que j'écrivais, je n'avais pas pourtant l'impression de ne rien faire ! Bien sûr les idées qui me venaient provenaient d'une inspiration immatérielle et rien n'était physique jusqu'à que tout soit couché noir sur blanc sur le papier, mais je ne faisais pas rien ! Je cherchais au plus profond de mon âme les phrases et les mots qui me permettaient de transcrire des émotions, des sentiments, des sourires, des sensations de goûts et même d'odeurs. Parfois, l'inspiration inondait mon esprit pendant des heures entières et j'étais le premier spectateur dans mes récits. D'autres fois encore, l'inspiration ne montrait pas le bout de son nez mais je pouvais quand même écrire, en forçant mon imagination.

Mais ce mot Rien, résonna en moi pendant plus de dix ans.

A l'âge de 25 ans, j'ai quitté ma famille pour ne revenir que pour les fêtes de la Noël et autres grandes occasions.

Je me suis conduit comme un égoïste infâme.

Moi qui voulais à tout prix connaître l'indépendance, je suis parti comme un voleur de la maison familiale, laissant mes frères et mes parents dans un désespoir terrible. Je leur laissais seulement mon ignorance et ils devaient vivre avec.

J'étais parti visiter le monde, seul à la recherche de moi-même. J'étais vagabond, sans argent, mais cela ne m'empêchait pas de parcourir le monde à ma guise, visiter de nouveaux pays et aller sans cesse vers de nouveaux horizons.

En Italie, dans la ville de Naples, je me trouvai ce jour-là près du célèbre Palais, et j'aurais voulu que mes parents soient heureux de savoir où je me trouvais.

Mon père avait souvent parlé de la beauté de ce monument dans ma jeunesse et il aurait voulu le voir aussi.

J'aurai voulu téléphoner et dire à ma mère et mon père que je me trouvais devant le palace qu'ils rêvaient de connaître en vrai, ailleurs que sur des livres de voyage, mais comme je n'avais pas d'argent je ne pouvais le faire. J'en pleurais et ils me manquaient énormément : je n'avais jamais ressenti une telle peine.

J'aurais souhaité au moins pouvoir leur envoyer une belle carte postale mais je n'avais pas de quoi la payer ni le timbre. Je ne savais pas non plus ce que j'allais manger le soir ni où j'allais dormir.

Quelques heures plus tard, je me décidais à faire la manche en vendant des cendriers fabriqués avec des boîtes de soda que j'avais trouvées dans les poubelles publiques et je me décidais à envoyer enfin une carte postale à mes parents pour leur donner le sourire en sachant où je me trouvais.

J'avais juste assez pour acheter celle qui allait leur plaire sûrement avec la photo du palace et Naples écrit en grosses lettres.

J'achetai fièrement le timbre mais je n'avais pas de quoi écrire. Je n'avais pas assez d'argent pour acheter un stylo, même le moins cher. Comme je ne parlais pas italien, je ne pouvais pas en demander un et après une après- midi entière et parcourir les rues de la ville pour trouver ce qu'il me manquait, la faim me donnait une impression de fatigue immense. Je ne pouvais plus marcher. J'avais mal partout. Je me résolus donc à expédier la carte, mais vide au verso.

Plusieurs années ont passé et j'ai pu enfin expliquer à mes parents, le jour où je suis revenu et que nous avions évoqué ce passé. Je ne voulais pas avoir à me justifier mais l'heure de vérité sonnait. Et je me devais d'être sincère. Il fallait que je me justifie mon absence prolongée et que je m'excuse aussi.

Ma mère me dit:

-Je te comprends. Quand tu auras un enfant, sache, que même s'il ne te fait pas cadeau à la fête des pères, l'important est qu'il te donne un signe, qu'il te dise ne serait-ce qu'un seul un mot, où qu'il se trouve dans le monde. Et quand nous seront morts ton père et moi, même si tu ne viens pas sur notre tombe avec des fleurs l'important c'est que tu viennes.

Tu as fait le mieux que tu pouvais faire et c'est mieux que rien.

Ma mère se montrait cynique. Je n'aimais pas entendre ce style de chose.

Mais le mot Rien était là, c omme pour me rappeler que je n'avais pas oublié de faire un geste et que ce geste n'était pas néant. Une carte vide, ce n'était pas vide. Pour deux parents s'inquiétant de leur fils perdu dans un autre pays, mon geste valait un million de fois plus que le silence.

 Un quart de siècle m'a permis de pouvoir comprendre la vraie signification de ce mot, qui me hantait inconsciemment.

Ce mot, c'est une pensée ou quelque chose qu'on ne peut pas toucher, qu'on ne peut pas prendre dans sa main, et qu'on n'a pas le droit de croire.

 C'est un mot qui ment. C'est le mot qui est le plus trompeur qui soit. C'est le mot le plus vague mais le plus précis. C'est un mot qui peut faire mal mais qui soigne parfois les blessures de l'âme. C'est quelque chose qu'on ne voit pas, comme le vent qui fait danser les arbres, qui pousse les nuages, et qui caresse nos visages.

Comme l'amour qui est de partout et qui parfois se montre timide ou semble se cacher.

Comme la haine des Hommes dans toutes les guerres, celle qui tue des femmes des fils et des filles, des pères innocents.

Comme la honte de ceux qui font travailler des enfants pour quelques centimes par jour, celle que n'ont pas les puissants de ce monde de voir crever des pauvres dans tous les recoins d'Afrique, de les voir assoiffés, avec la faim qui les affaiblit.

Comme la tolérance que nous défendons tous pour accepter les différences des autres mais qu'il est difficile tant qu'on ne voit pas devant ses propres yeux que les noirs ont moins de chance que les blancs, que les religions nous soulagent de nos péchés pour que l'on se déculpabilise de nos torts et que nous fassions encore.

Comme l'envie d'exister dans un monde meilleur.

Comme la vie qui nous prend même si l'on ne l'a pas choisi, et la mort qui nous prend notre passé pendant notre dernier souffle, en quelques secondes.

 Ce rien que j'ai le don de voir, c'est celui qui n'est pas muet, celui que j'aimerais pouvoir offrir chaque jour à ceux qui en ont besoin, à ceux qui n'ont rien à donner et rien à cacher.

 C'est un rien qui se cache entre les lignes de que j'écrirai toujours pour changer le monde sans cacher ses larmes. Un rien que j'aimerai donner aux enfants qui vont probablement mourir d'être né. Un rien que j'aimerai offrir à celui qui a besoin d'un organe pour survivre car il a encore des rêves à réaliser.

Un rien que je donnerai volontiers à celui qui aura besoin de mon sang pour ne pas abandonner ses enfants qui ont besoin de lui pour grandir.

Un rien que j'emmènerai dans ma tombe, que je prendrai au milieu de mes doigts croisés sur ma poitrine. Et ceux qui jugent, ceux qui jouent ceux qui passent dans la rue sans regarder autour, ceux qui ne voient pas qu'il y a pire qu'eux, ce n'est pas qu'ils n'ont rien à donner, mais qu'ils n'ont rien à perdre et rien à gagner. Ce rien qui me fait vivre, cette étincelle invisible qui fait battre mon cœur et qui habite en moi pour animer mes jours et faire songer mes nuits, c'est ce rien dont mon père parlait. Il a fallu que je sois adulte enfin pour comprendre ce qu'il voulait dire quand j'avais dix ans.

Rien, c'est parfois beaucoup plus que Tout.

Il vaut plus que toutes les richesses, les couronnes de rois, les diamants, les maisons de riches et les voitures de luxes et toutes les autre choses qui se monnayent.

 Il vaut plus que l'argent, plus que tout.

C'est un rien qui n'a pas de prix car il peut venir d'un sourire, d'un regard, d'un geste.

C'est drôle comment les écrivains gagnent leur vie avec Rien.

Gundelfingen, le 7 Juin 2015

Composition : Editions Villeroy

Première édition

Depot légal : Juin 2015

Tout droits réservés

Printed in Germany
by Amazon Distribution
GmbH, Leipzig